魂牽荷蘭風信子

一個故事是故事，
很多很多個故事是人生。
書寫使其變得鮮明且無比精彩，
彷彿光陰曾經停下腳步。
寫作是生命的延續，
是如同「藍天之不可無白雲飄蕩、
夜空之不可無星子閃熠」般的存在。

魂牽荷蘭風信子·
夢縈那一次又一次的邂逅

出版者●集夢坊
作者●游慧冠
印行者●全球華文聯合出版平台
總顧問●王寶玲
出版總監●歐綾纖
副總編輯●陳雅貞
責任編輯●蔡秋萍
美術設計●陳君鳳
內文排版●王芋崴

國家圖書館出版品預行編目（CIP）資料

魂牽荷蘭風信子．夢縈那一次又一次的邂逅／游慧冠 著
-- 新北市：集夢坊出版，采舍國際有限公司發行
2022.05　面；　公分
ISBN 978-626-95375-4-9（平裝）

863.55　　111006988

台灣出版中心●新北市中和區中山路2段366巷10號10樓
電話●(02)2248-7896　傳真●(02)2248-7758
ISBN●978-626-95375-4-9　出版日期●2022年5月初版

郵撥帳號●50017206采舍國際有限公司（郵撥購買，請另付一成郵資）
全球華文國際市場總代理●采舍國際 www.silkbook.com
地址●新北市中和區中山路2段366巷10號3樓
電話●(02)8245-8786　傳真●(02)8245-8718

全系列書系永久陳列展示中心
新絲路書店●新北市中和區中山路2段366巷10號10樓　電話●(02)8245-9896
新絲路網路書店●www.silkbook.com　華文網網路書店●www.book4u.com.tw

跨視界·雲閱讀 新絲路電子書城 全文免費下載 新·絲·路·網·路·書·店 silkbook ◉ com

本書係透過全球華文聯合出版平台（www.book4u.com.tw）印行，並委由采舍國際有限公司（www.silkbook.com）總經銷。採減碳印製流程，碳足跡追蹤，並使用優質中性紙（Acid & Alkali Free）通過綠色環保認證，最符環保要求。

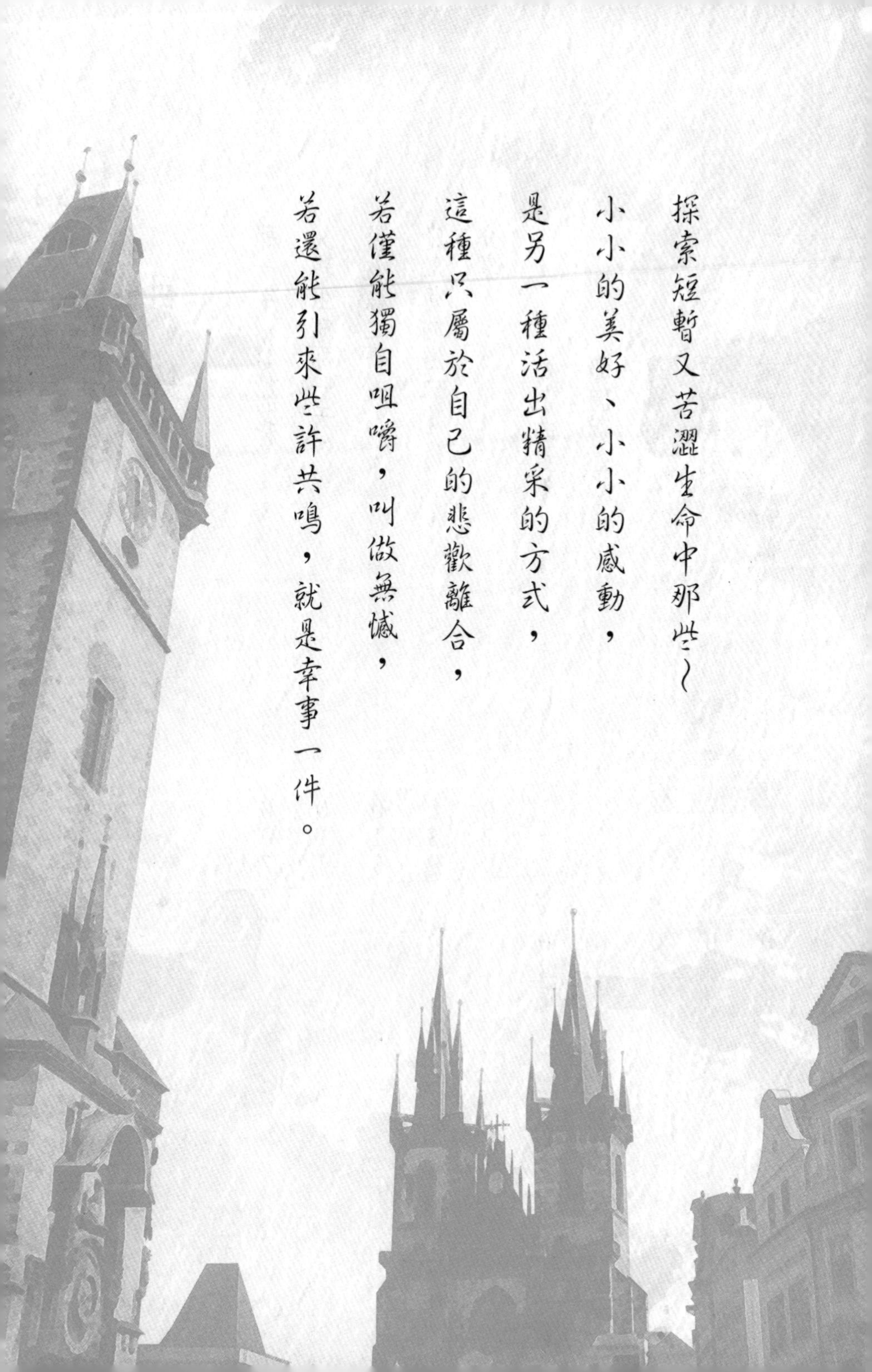

探索短暫又苦澀生命中那些～
小小的美好、小小的感動，
是另一種活出精采的方式，
這種只屬於自己的悲歡離合，
若僅能獨自咀嚼，叫做無憾，
若還能引來些許共鳴，就是幸事一件。

目錄

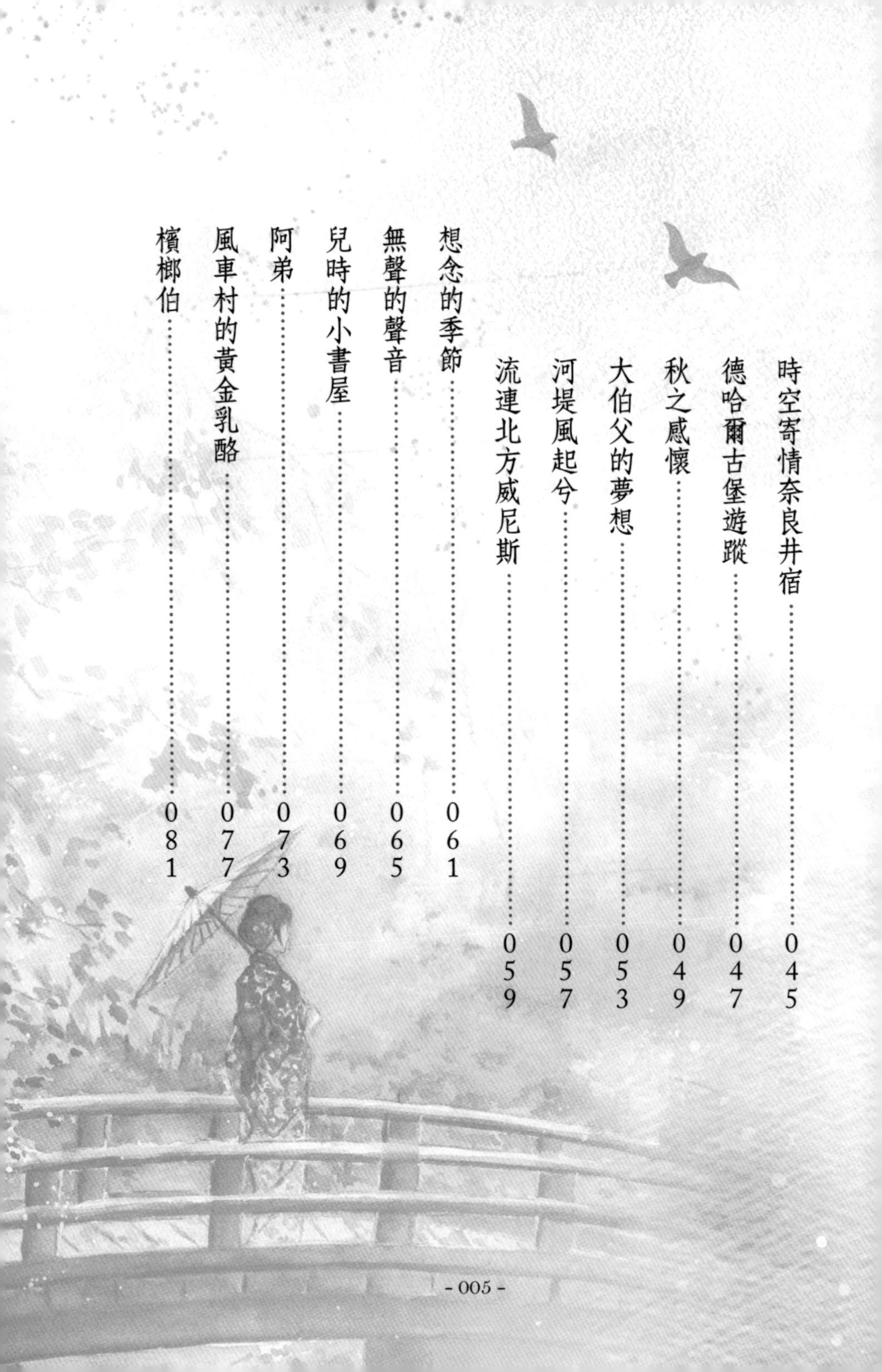

那一年　父親的背

窗外雨絲迷濛得像覆蓋一層百色的帷幕，我重重地推開深埋於記憶底層的門扉，像撩開薄紗般的雨簾，再次用我渴望的心，去探視時時浮現我腦海的那幕景象，它是一股無窮的能量，能夠釋出光明與希望，能為我釀造出最純美的甘露，潤澤我心底最貧瘠的角落。

是我小學四年級的事了，那年暑假，連續好幾天的豪雨使大地像生著病一樣，灰暗蕭沉，厚厚地雲層綿密地擠在濕答答的天際，滂沱的雨像一根根又尖又直的劍，刺得人人心慌意亂，尤其是位於低窪地區的我們，老舊的房舍十分經不起大雨的戀棧，破損的屋頂使窄小的空間更顯得狼狽不堪，叮叮咚咚撞擊木桶的單調聲和窗外傾盆的嘩然，全然是一股詭譎的象徵，而噪鬱的窒息感夾雜著濕霉的氣味，讓周圍的一切都似要凍結起來的難堪。

雨下的無休無止，到了第五天的時候，灰濁的水已經開始慢慢地滲進屋裡來了，大人們把怕潮的物品一件件地往狹隘陰暗的樓栱頂塞，直到不留一點空隙為止，但是屋內載浮載沉的景觀，看來依然驚心動魄，我們的家在這時就如一艘汪洋大海中的小船，可憐無助地等待暴風雨的宰割。大自然是無情的，它的突如其來造就了始料未及的可怕事實，因為一寸寸高漲的水仍有不停上升的跡象，這天災將會繼續它的蹂躪，直到不敢想像的境地。

父親在決定把每個小孩送到市區的時候，是在豪雨不止的第七天，我不會忘記父親是如何一步一步地涉過那遙遠漫長的水路，到達浪濤滾滾的彼端，背了父親胸膛的水位，使仆伏在他肩頭的我感到陣陣心驚膽顫，父親腳下的踉蹌，使我意識到此行的困難重重，這樣的雨彷彿夢一樣的不真實，無邊無際的蒼白讓人如置身五里迷霧之中，狂雨撲打在父親的臉上，我強烈的感受到他正在用他那被模糊了的視線，去努力地辨別著正確的方向。隔著一層不透氣的雨衣，他背部的那一大片濕潮仍舊汨汨地傳達到我的胸口，瞬然間，我感覺有一股暖暖的熱流，在我的雙眼中迴漩，眼前父親黑髮的頭，早已經不斷地在往下滴水，順沿瘦削的頸淌入他灰白的衣領裡。晦矇的天地之間，顛跛晃盪的身影好似一片渺小的孤葉，在大海中任風浪驅趕翻滾，然而父親的背仍是我最安全的港灣，他的愛將使我不再懼怕驚恐，因為所有的困境，早已在無形中被父親的堅強毅力化解殆盡。

經常會在有雨的日子，想起了父親的背，在那麼多年後的今天，它仍然熱切地在熨燙著我的心，好像那執著的雨，依舊在迷戀大地一樣。雖然父親的背已不如當年的挺直，但是我心底那感動的情緒，會如同當年的那一場水患，烙印般的永存在我的記憶當中。

84年10月26日《台灣新生報》〈新生副刊〉

父親生病那一天

第一次，領悟到母親也有軟弱的一面，是在父親的一次病中。那天，一大早就接了母親的電話，聽筒中是母親不真實的聲音，哽咽加上斷續的哭泣，使我在驚跳之餘，還以為接下來的那段緘默，是我心緒混亂所產生的錯覺。

母親的堅毅，一如處於狂風驟雨中的巍巍山巒，惡劣的氣候及環境，她仍能不受之左右。她向來只把辛酸的淚水深藏，呈現在外人面前的，永遠是光鮮明朗的表面。

我所擔憂的，便是那天母親不同於以往的表現。奔馳著往回家的路上，我的思維不停地輾轉，有點瘋狂地，我擔憂父親的病情，再者，我更難捨母親那種孤獨無援的悲哀，我的心，有著歸心似箭的急切。

父親此次的病是感冒引起的，他頭暈的毛病，一向受制於感冒，感冒一來，他就會暈眩嘔吐。所以，當我看見躺臥於床上，一臉蒼白的父親時，我就肯定，是相同的情形在作祟，我面對著神情憂戚的母親時，深深覺得，她內心的哀傷，並不會比父親肉體的折磨來得輕。

父母的臥室是在二樓，是以，要將父親攙扶到我的車上，對我和母親兩個弱女子而言，無非是難如登天。然而，我發現，母親對於這樣一件我所認為艱巨的事情，似乎並不以為然，她說她可以將父親背下樓去，雖然我覺得如此做並不妥當。但是，母親有一種不容我忽視的倔強性格。

若說，我會忘記那一幕，那倒不如說是我不願再想起吧！從沒有任何時候，我會覺得這僅僅幾層的階梯，會變得如此漫長。是的，在母親背著父親一步一步走下樓的當時，我胸中奔騰得有如潮汐的澎湃，因為，我看見的，是母親因為使力而脹紅的臉孔，因使力所以失去血色的嘴唇，她的雙腿在顫抖，身軀也是。肩頭的壓力，使她必須努力維持她身體的平衡。

那次，父親的病在吊了一天的點滴之後，已無大礙。回程母親憂戚的神情已不復存在，喜悅之情溢於言表；而我，讀出了她眼裡的滿足。忽然，我覺得她像狂風暴雨之後的陽光，温馨平和得讓人忘卻曾經有過的一切肆虐。

84年11月21日《聯合報》〈繽紛版〉

螢火蟲之夢

好久沒看到螢火蟲了，雖然，星兒的閃熠有點像牠，可是，是一種執拗吧！我總堅持，任何一個個體，都會有一種專屬於它的特性，縱令形態相似，依然無法用替代的方式來逼迫我，令我妥協，是以，我決定出遊，去尋覓一個失落已久的夢，也許，我將幸運，能在這仲夏夜裡，了卻一樁美麗且不凡的心情故事。

我看到牠了，在花間、在草叢、在林葉扶疏的隙縫，像柔柔的風，柔柔的水，流竄於四周，漆黑的布幕，像專程為牠們而拉啟，只為與暗夜交換明亮，是以，一顆顆的鑽石，用無瑕的晶瑩製造遐想，遐想牠的速度終將幻畫，變成一條條銀色絲綢，之後，恰如羽翼之慢慢剝落，頃刻消殞無跡。

這是冬山河親水公園的一隅，像一個奇蹟般的，它擁有幾乎接近原始的自然生態，當然，若要按照嚴格的審美標準來強求，它無疑是欠缺某種大自然的成色，可是，某些時刻，某些角落，它象徵某些生命的復甦，有一些荒僻的開拓，是的，儘管有遺珠之憾，但我不否定它存在的意義，流螢之美，足以使腐朽化為神奇，使神奇變成一種神蹟，然後，圓我一個夢，在這仲夏夜裡。

我說，風兒輕輕像牠，流水盈盈像牠，因為同樣從歲月裡走來，而且無痕，是的，牠們交疊於時空，迤邐成長的美，如果，將牠們串串連結，必然譜成一首生命之歌，而歌裡，黛綠年華被重重勾畫，美麗無悔，自始如恒。

螢火蟲總會給人一種恬靜的感覺，牠呢喃著夏夜的舒適，像山林之不可無瀑布奔瀉，像大海之不可無浪花拍岸，是以，我的思潮是一股推動力，能在走遍天涯路之後，讓我的頻頻回首，如點火石般的敲擊出星星之火，而後蔓延成燎原的火燄，於是，它的餘燼，將會微溫每一寸記憶，恒常不熄，因為我的心，恒常有夢，而夢，恒存於每個數流螢的日子裡。

84年12月9日《台灣新生報》〈新生副刊〉

颱風筍的滋味

兒時居住過的老瓦屋，如今早已是廢墟一片，可是那日偶然經過，驚覺它身後那片林子，居然還有幾枝細竹在風中飄搖，沙沙地微響，喚起了我的思維，使我憶起了那一連串品嚐颱風筍的日子，以及它澀澀的苦苦的滋味。

猶記得那時，那竹林是一整片的鬱鬱蓊蓊，風乍起，吹動一綑的紗，也斑駁了從葉縫篩下來的陽光，掩映處，盡是婆娑的影子，搖落的是滿地的細碎，熠熠地在閃著光。

不過，在颱風過境之後，它有了全然不同的模樣，摧折斷裂的枝柯，殘損敗壞的葉片，滿目瘡痍中盡是淒涼蕭條的景象，還有，那一根根冒出頭來的颱風筍。印象中，那時家園的凋落，似乎並不比颱風筍所帶給我的感受那麼的強烈。

是以，我仍舊記得，颱風筍吃到口裡的滋味是苦的，雖然吃前經過一次又一次的滾水燙煮過，然而，那濃烈的苦澀仍是無法全然去除，但是，它依然變成一種主食，在颱風肆虐後那一連串的日子，所以我深信，它的滋味也是無法從我心底去除的。

常常，我會回想它所帶給我的記憶，不知為何，竟發覺它的滋味苦中也帶著甜，澀中也帶著鮮嫩，它曾經存在過的無奈，似乎早已被一種更美好的感受所取代，在難忘的滋味中，體會了一種難忘的感情，那是流水帶走年少歲月的時候，忘了帶走的。

今天，已經很難再吃到那種筍了，至少，老家後院已尋不著它的蹤跡，那稀落的竹，已失去當年可蔽蔭的濃密，寒風中抖落的葉片，似要提醒夏日的不在，就如同童年的不在一樣，或者，我該堅持一種理念，能長存於心的，就是一種恆在，所以，我肯定了一事，它會在我記憶中永遠活躍，所以，它的滋味也會永遠的鮮甜，在我不停止的懷念當中。

85年1月23日《台灣新生報》〈新生副刊〉

分享

我是最歡喜採野薑花的了，當然也愛欣賞野薑花，幾支綠綠的根株，插放在一只美美的磁瓶裡，白色的花蕊配上透明的瓶，展現清新無華的氣質，吐露著淡淡馨香，雖沒有熠人眼目的豔麗，但高雅中自然散放著一股親切不俗的美感。

有一首歌，說野薑花繁開於三月，然而，我採擷野薑花時，都選在雲淡風輕的夏日，或是初秋清爽的季節。夏日，躲開炎炎的午後陽光，一支美工刀，我就奔向了黃昏的山野。山野中，深谷的溪澗旁，是野薑花的窩集處，此時，朵朵燦然怒放的它，彷彿正在炫耀最豪放的美，滿地迤邐的雪白，好像在傾訴最純潔的美，濃郁的芬芳，宛若在喧洩最成熟的美。

生長在此處的野薑花是最難採摘的，必須小心翼翼的攀爬，慢慢地往下採測，因為腳下崎嶇不平的土石，常會讓人有摔跌個滿身傷痕之虞，所以，此地的野薑花，也是長得最好的，我猜想，可能因為多了份靈秀之氣吧！畢竟少了人煙，又多了山泉滋潤，當然能將美麗發揮到極致，到無與倫比的境界了。

我偏愛採擷半苞半放的野薑花，因為它能插上一段久久的時間，而不輕易凋謝，且馬上就能夠享有它甜醇的芬芳，而含苞的花蕾，讓人有一種等待的苦惱，因為不知它何時會綻放，或許很快地，但也或許是一段長長的時間。總之，是個未知數，所以，在能夠有所選擇之下，我堅持將它最美麗的形態及味道，都同時的攬住，然後護惜到它璀璨完結之時。

然而，半苞半放的野薑花是不容易尋找的，可能是錯失了好時機吧！

畢竟那支歌裡唱的是三月的野薑花，不是嗎？不過儘管如此，夏末秋初仍是我採摘野薑花的好時節。雖然必須花費多些時間及體力，仔細地尋尋覓覓那種我要的含苞待放的花蕾，可是，採擷的樂趣，不也就是在於此嗎！

常常，我會用心的、努力的採摘一大把野薑花，自己留下幾株，然後將其餘的分送給好友親朋，讓更多的人也能享有這來自於山林野外的氣息，它可以妝點更多人家裡的廳堂，因為它的潔白幽香，在任何環境裡，扮演的都是一個最合宜的角色，所以，我發現採擷野薑花的樂趣，又多了一項，就是，讓自己的喜悅，分享更多的人，縱使是一點點，也是值得的。

85年2月15日《台灣新生報》〈新生副刊〉

白色的童年

常會在無眠的夜，憶起我那白色的童年，我清清楚楚的記得那些個夜晚，白色的紗帳迷漫在四周，彷彿夜晚的世界就只有我眼睛所見的這般大。尤其是夜半醒來，常會忽然迷失了一顆心，那是一種說不出來的感覺，渾渾噩噩的如夢似幻。微弱的鼻息在耳邊輕響，悠悠盪盪的引人陷入更深的迷失。白色的簾幕裡是如此像一個小世界，我那時總是這麼想。然而為什麼一個常教我迷失了心緒的小世界，到如今仍能讓我記憶深刻。我不曾勤加整理我的思緒，因為我知道，有一種感覺會在不知不覺之中形成，繼而鐫刻深深，就像是在看了一場動人心弦的電影之後，才驀然發覺不知何時淚珠兒早已潸潸。

入夜之後，白色蚊帳低低地懸掛了起來，一間小小的榻榻米式房，在就寢的時段顯得更擁擠。我愛躺在刺眼的日光燈下，翕動著眼簾看父親掛蚊帳的樣子，他熟練且慢條斯理的遊走在房間的邊緣，伸長著手臂仔細扣上每一個掛環，為了怕踩著腳下的我們，他時而低垂著頭巡視，嘴角掛著微微的淺笑，每當他再度仰頭的時刻，我會看見他側面的臉上專注的神情。

父親修長的身子，從我躺著的角度仰望，有一種如山岳般的巍峨之姿，他的每一個動作皆令我沉迷，我發覺那時的父親，彷彿是一個主宰者，他在沉默中主宰著黑暗降臨之後的每一寸方圓，每一寸思疇。他的雙手也好似有一股神奇的力量，能創造出另一個空間，在短短的片刻裡。

那是我的童年回憶，還有對父親一個不變的印象。我覺得，一件看似微小的事情，也必定隱含一份細膩的深意，因為它們都會帶來一份悸動，為當時的心境增添一些色彩，然後再不由分說的佔據心靈中的一角。我常常喜歡將它們從塵封的記憶裡翻出來細細咀嚼，重新體會的感覺更令我回味無窮，好似時光的荏苒已不再是一種失落，而是讓甜美的故事更顯珍貴，綿延長久。

85年3月16日《台灣新生報》〈新生副刊〉

那個黃昏

那件事，發生於多年前的一個黃昏，然而，我仍舊記得它的每個片斷，每個細微末節，不是我刻意勾起回憶，而是感觸太深，感懷良多。雖然，生命原就錯綜複雜之結合，可是真能夠撼動心弦的，又曾有幾何！

記得，那天黃昏，我、大姐，及她的兩個小女兒，在離家不遠的河畔公園散步，欣賞滿天彩霞及一枚火紅落日，河兩岸是排列整齊的樹木，一座可供歇腳的小亭點綴其中。我們閒坐於樹下的石板凳上，晚風帶來火車駛過鐵軌的聲音。凝眸處，一列車影正倒映在橋下的河面上，粼粼水波披染著虹彩，或坐或立的垂釣人兒，不時甩拋出一弧優美，這般之美景，足可讓人忘塵滌慮，煩擾皆掃。

也許，好景一番如夢一場吧！接著發生的事，是從小外甥女失蹤開始的，遍尋不著的我們更是慌亂失措，尤其是大姐，緊張憂慮的神情在她臉上全然表露無遺。

就在此時，我似隱約聽見火車的聲音，遠遠的，但卻彷彿有股不祥之預兆，然而，我分不清，也無法細思量，因為，眨眼之間，另一個聲音響起，較之火車的聲音更震懾心靈，因為，那是一個出自於肺腑深處的聲音，一種傾注全生命的吶喊。

我無法擺脫那一幕所帶給我的衝激，那個呆立於鐵軌上的小黑點，瘋狂奔去的大姐的背影，一聲聲嘶啞的呼喊，甚至，連無情的火車，以及它瘋狂的速度，都帶給我最強而有力的震撼，令我周身血液奔騰，令我無以招架，不由地熱淚涔涔而下了。

之後，在心有餘悸的感受，仍在我胸口熨燙時，在一列火車逐漸淡去的背景前，大姐那張閃著汗水的臉上有驚魂甫定的欣喜。縱令，她懷裡的小女孩，仍在無知的啜泣，然而，我還是看到她含淚眼中的那抹光采，有一種暴風雨之後的溫情，一如晚霞般的美麗動人。

85年5月17日《台灣新生報》〈新生副刊〉

蓮霧樹

老家的庭院裡，還有棵大蓮霧樹，每逢盛暑，結實纍纍的時候，我總願意走長長的泥濘路，只為了卻一年的相思之苦。在它的濃蔭下仰首，閃動的光芒並不刺眼，但懸在枝頭，紅豔豔的蓮霧卻令人垂涎，就近採摘一粒，我輕咬一口，依然是那樣，清甜而且多汁，一如我所熟悉的。

自我有記憶起，就有這棵蓮霧樹了，那時，它的枝椏就已蔓上了紅瓦，枝梢在屋頂上隨風飄搖，綠葉蒼翠，鬱鬱蓊蓊。我每每攀附粗糙的樹皮向上爬，在濃葉的深深處，閒適的倚臥，聆聽綠葉的輕吟、蟲鳥的鳴唱，感覺暑氣的漸逝，風兒的輕流潺湲。

陽光碎成點點，滴在綠葉上，顆顆晶瑩閃爍，我常瞇著眼，若睡若醒的注視，看它們的游移，看暗處及亮處互相掩映，看那粒粒垂掛的蓮霧，在我眼前溢出一抹抹的弧影。

每年春夏交接的時刻，百花如雪般覆在枝頭，細細的蕊，朦朦朧朧的，像暈開的霧，像朵朵曇雲，將樸素的綠，換上了碎花衣裳，褪去一季的孤寂，它將有著最鮮麗的妝彩。

在同一棵蓮霧樹下駐立，它結實的身軀，猶是舊日堅挺的模樣，粗糙的樹皮上，猶看到昔時的指痕，那流竄點點星光的葉的隙縫，那依然紅豔碩大的果實，不都是往日的模樣！

離開老家的那些歲月，心常惦記，春末夏初之時，不知它的枝頭，是否仍飄滿白雪，而漫長午后，陽光是否依然眷戀，予它珍珠般的閃耀，而老屋的蕭索，是否會讓它感覺瑟縮，而嘆息、唏噓這必然的失落？

夏，是它的季節，醞釀一年的華美，只為一夏的璀璨。它堅持這種形式的奔放，其實，生命大多如此，大自然有它不變的規律及原則，然而，我也深信，靈性的潛藏，將會醞釀出豐沛情感，就如同這棵蓮霧樹，無法拋捨親密的土地一般。

白雲停駐梢頭，綠葉在枝上抖顫，雖已無紅瓦的親膩依偎，老屋的陪伴左右，但放眼一切，熟悉的感覺並沒有消失，或者，它已不僅僅是一扇開啟記憶的門扉，而是，與我心深深相連的，一線脈絡。

85年或86年《台灣新生報》〈新生副刊〉

愛的表現

有一次，外甥女談起了父親每日接她下課時的情景，提到了父親的等待，等待的眼神，等待的清癯身影，等待的臉上突然漾開的微笑，閃亮地宛若剛剛昇起的星子。

大姐離婚後搬回了老家，父親一言不發的接納了她們，與母親積極的態度大相逕庭，然而，每日接外甥女放學是他最大的快樂。

有時，才由田裡返家的父親，還等不及換下沾滿污泥的衣裳，就匆匆地趕去火車站，儘管再忙再累，也從未曾一日忘記過。

這是他表達心意的方式，用一種滿足且無怨無悔的態度。

飄雨的日子，外甥女談及了父親如何急急地為她擦拭機車後座，怕雨水再淋濕座墊如何急急地催她上車的時候，我雖一語不發但終掩不住內心潮浪的奔騰。

父親這樣的舉動較之言語的表達更令我動容。我清楚的知道，在任何的詞典裡，它涵蓋了所有關愛的字眼，但在父親拙樸的性情裡頭，一切的字眼又都嫌太冗贅，因為，父親內心豐沛的情感，比任何代表性的字眼都涵蓋的更透徹，而且，是從不曾一刻遠離過他最親近的親人身邊的。

在外甥女明亮的眼神裡，流轉著一抹對父親的崇敬。而我的感動伴隨著我的往日情懷浮現。世事皆在物換，但真情永遠存在，我有一顆善感的心，不停息的在這個有情的世界，感受著許許多多有情的人與事。

86年4月18日《台灣新生報》〈新生副刊〉

歲歲年年我和他

離家多年的我，返家的次數少得可憐，然而有那麼一次，在父親臉上剎那間露出的驚喜笑容中，我覺醒且被完全征服，白晝下，那笑容竟比陽光更加耀眼，引領我重回往日時光，翻起那段遺忘很久的歲月。時空無距離，可是我忘了要時時灌溉，時時與它對話，也忘了親情依然會令我感動。

父親的臉仍然黝黑，他的笑容仍然是我記憶中的笑容，單純一如往昔，樸實、永遠無爭無求的個性也是。向來沉默寡言不善表達的他，常常屈居在強勢的母親背後，沉默地看母親決定每一件事，打理每一件事，母親就是一切，而父親內心的世界，無人能懂。

童年的我獨眠過一段時間，在我寢室的小小窗口外，在那些深深的夜裡，父親會固定送來我獨愛的一種小餅乾，那圓蓋形的餅，餅面上有年輪，恰恰是一個小手的尺寸，上頭灑著黑芝麻，很香、很有嚼勁，一口咬下清脆得連在睡夢中都會垂涎。為了要保守與父親的這個小秘密，我總是將餅留給明天。它是我寂寞童年的寄託，也是唯一一段我感到備受寵愛的日子。

僅有的那扇小木窗，直接對著屋後那片竹林，起風的日子，沙沙聲徹夜不停。夜深沉，我等候父親的出現成了再自然不過的事。雖然都是陳年往事了，但在在鮮明地有如昨日記憶，漆黑的窗，竹林的低語，月光下父親清瘦的影子，都像上演了千百回電影般的深印不移，不捨拿成長與之作交換，但無奈事何其多，在不想要的時候卻偏偏找上門來。

父親的嘘寒問暖不在言語，他的關愛是含蓄的，但記得，有一次從他口中，我聽到的居然是「妳現在過得好嗎？」這麼一句話，頓時心中浪潮洶湧，激動地不能自己，因為那是我不曾聽過的話，那是一句我認為永遠不會從他口中聽到的話，教我如何不將過往一一細數，如何不一次次告訴自己，原來父親從不曾改變過，縱使我已然長大成人，不再是那個可以再用小餅乾寵愛的小女孩，但是，他依然是最最疼愛我的那個父親。

98年9月12日《自由時報》

時空寄情奈良井宿

日本奈良井宿的雨，帶著思古幽情飄落在旅人的心坎，懷舊的街道上，斑駁的老木屋疊成長長的風景，也疊成長長的歲月，時空隧道裡漫步，聆聽來自天際的呼喚，從而見證物換星移。

這塊保存完整的古蹟美地，範疇不廣卻坐擁大格局的內在，氣度非凡、古色古香，稱其為小鎮也不為過。在以漆器知名的小鎮裡，可細細品嘗其特色風味，各式以漆做為主角的物品，琳瑯滿目不勝枚舉，在漆的包覆下，腐朽化為神奇已不足為奇，獨具風情且細膩的質感更值得一再把玩，或買下當貼心禮，或永久的珍藏。偶遇個性小店，似有意卻無意的裝潢及陳設，常成為小驚喜的來源。主人的巧思溫暖人心，小鋪前那張老木椅，簡單的流水洗滌台，木條窗櫺及招牌，都帶著原始的況味，令人癡迷。

山傍的雨下下又停停，像人心一樣善變，然而來得早不如來得巧，沐浴之後的小鎮清新宜人，此刻的散步是奢侈及幸福的。人煙稀少的街道上，難能可貴的安靜時光。兩旁一張張幽暗深沉的門，是時光的大口，像回到家那般溫馨自在。

奈良井站的時光列車，即將開往現實世界，瞥下最後一眼，暗許來日相見不遠，車行漸遠我心更明白，期待重逢那日，互訴別後種種。

98年11月24日《自由時報》〈旅遊的滋味〉

德哈爾古堡遊蹤

沐浴陽光下的荷蘭德哈爾古堡，正細訴著悠遠故事，長空澄澈，輝映藍色尖塔成趣，重重疊疊，神功鬼斧。白底紅邊的小窗，浪漫可人，如繁花錯落，剛中帶柔，若有意似無意。城牆色調柔和，城堡的各個角度都是一幅創作，恰如其分的展現著力與美。

護城河水在腳下綿延，功成身退仍映照過往狼煙，歷經歲月巍然聳立。法式庭園意境，萋萋芳草環繞，斜陽穿透群樹灑落滿地，與朵朵小花兒爭豔。小徑帶著點探索的意味，時常峰迴路轉，來個林深不知處，童話世界在此，我心醉神馳，纏綿於中古世紀的傳說裡。

驚豔絕代建築，乍見的欣喜、震懾，久久難平，喟嘆造物神奇，動容刻劃深深的歷史，見證飄搖動盪的曾經，久遠之流長，象徵護城河水永不休。

親近古堡城，踱步最宜，詩詞濃濃，勾起的情懷更濃，遊子飄洋過海尋祕而來。踽踽而行，百年孤單相隨，赤子的心遺落在離鄉千萬里的異域。

107年9月22日《人間福報》〈旅遊版〉

秋之感懷

山中的秋意裡添了新愁，秋風乍起，縷縷愴然上心頭，這是我與母親前來為嬤嬤拈香的日子。

嬤嬤在大地的懷抱裡永遠沉睡了，供桌上的相片娓娓道出曾有的歲月，殷殷切切的模樣是不久前才翻新的記憶，不料時光就此停駐，我再也等不到一個秋日的邂逅。

雲霧飄渺的山脈如夢似幻，山雨欲來的氣息凝在樹梢，秋天深不可測的魅力，瓦解纏繞母親心底的結，與嬤嬤之間的藩籬傾圮在落英繽紛中。秋天的彩筆揮毫漫天純粹，給心靈上了一課，凡塵俗事輕如鴻毛，隱入悠悠林深不知處。

回家前陪母親去洗手間的路程短暫又漫長，迴廊外的小石板路並不崎嶇，但母親卻展現不同以往的舉止，她使力勾攬我的手臂致使我重心不穩，我踉蹌的步履如同翻騰的思緒，一度難以平息。然而我深知讓她攙著繼續往前走才是唯一，縱情母親不為人知的一面，是小小的貼心，祕密的滋生總在不自覺中，感動也是。

洗手台前等候母親的我，早已眩惑於秋色抹抹，是以母親的呼喚彷彿來自遙遠的回音，但顫抖的音調又如此真實地刺入心坎，不安在她心底盤桓。印象中，堅毅是母親的代名詞，孤單更非她的辭彙，然而此時此地，我的守候使她安心，這真相震撼了我：秋景如明鏡，映照可貴的真情樣貌，為我指引方向，那是通往心扉的捷徑。

迷濛絲雨紛飛回程的山路，增添秋意更深，感觸也是，思念總是起始於初秋，濃烈在一整個秋季。

107年10月9日《人間福報》〈副刊〉

大伯父的夢想

堤岸邊，一畝畝綠意綿延至縹緲遠山，信步中，右旁一排圍籬隔著一戶人家，圍籬內雜草蔓蔓，遮掩了那條通往大門的小徑，這棟歐風別墅攬盡遼闊田園景色，如今卻以一片頹敗荒蕪感交換大自然美意，氣息奄奄的花草植物、隨意散落的土石砂堆，是半途而廢的點點滴滴，令人扼腕。

踏上石階，我按下門鈴，但無人應門，徒留間歇的門鈴聲在屋內旋盪，此時側窗有隱約音樂聲飄出，我不由地輕轉門把，沒上鎖的大門旋即開啟，一股空寂感直撲而來，客廳裡杳無人跡，餐廳內桌台清冷，躊躇間我想起臥房在另一側，輕手輕腳進入，大伯父躺在單人床上似睡非睡，一台收音機在床邊喧鬧不休，我趨近叫喚大伯父，怎奈他就是不願張開掙扎的眼皮。我只好退到客廳，百般思索後寫下字條，讓它壓在攜來的巧克力及荷蘭煎餅下，臨出門重回臥房探看，大伯父似醒非醒，向前輕輕一喚，他倏地睜開惺忪雙眼，神情從茫然到驚詫最後是侷促。誠然，大伯父因為這段不是時候的昏睡而困窘，而我的來訪是措手不及的意外。

唯一同住的兒子不在家，想必上台北會女友了，大伯父未置可否地。採光明亮的客廳裡，甜點的滋味有一抹似有若無的尷尬，成分是與大伯父的單獨相處。大伯母驟然離世的傷痛不復存在，他已能坦然娓娓道來，是的，抑鬱寡歡從而非他詞彙，樂觀令他看淡。唯一不得不的牽絆是那無業的兒子，雖軟語帶過，字字仍滿含遲暮的悲情，而惻然是不自禁的我的心情。

大伯父的午餐是一盒超商壽司，當他用再自然不過的熟稔語調邀我共享時，回老家陪母親用餐的念頭游移在兩難之間，他當我如家人，他渴望有人陪伴的落寞，將使午餐後的告別更加難捨。

是的，大伯父的依依之情讓我舉步維艱。在大門邊上，眼底重燃光采的大伯父，細細地敘述附近唯一的夜市美食，閒居此地兩年多的他對這個河堤夜市瞭若指掌，我知道他意欲延續剛剛的充盈，但難題是，今夜的我未必會來，雖然母親家就在橋那頭。此時我被苦思煎熬著，那是欲言又止的另一波掙扎，突然一幕景象浮現腦海，大伯父獨自站在這幢偌大的百屋前等待，整個人被巨大無比的黑夜所包圍。

凝望著滿園寥落，大伯父倦於自己的有心無力，兒子的興致索然則是他的另一個無能為力。初衷那幅鄉間野趣悠然自得的藍圖已然凋零，與母親的陳年恩怨，壓封的心結，遠比園內雜草更加紛沓，或許這也是他們一家遲遲未能融進這片範疇的難點，隨著大伯母蕭索悽然地離世，從而三個人的單調生活轉眼成一個人的孤單旅程。幸福的夢想園，遺落悵惘滿地。

走出圍籬的我彷彿進入另一個時空，白花花的艷陽下，心緒百感交集冷暖交戰，大伯父瘦長的身影宛如浮雕，愈來愈小然後溶入大地，我情不自禁轉身揮了揮手，想為這段短暫卻深刻的相聚畫下句點，藉以聊慰不平息的波心。

107年10月30日《中國時報》〈人間副刊〉

河堤風起兮

當風吹過的時候，河岸芒花揚起漫天飛絮，綠疇的盡頭，在黃昏時分，落日為西山染上一抹金黃，在黑夜降臨之前，餘暉賦予半邊天色之絢麗。

彼時，堤岸邊這幢房舍新穎雅潔，花園裡，綠叢間羞怯的花兒或含苞或綻放，透著淡雅清香。木籬上的奔放藤蔓，當風吹過時，心形葉片抖顫成我見猶憐的姿態。白晝裡，剪枝修葺，拈花蒔草；夜裡，河堤被燈光攏成一條長長的氤氳，黯黑處傳來蟲聲唧唧，月影婆娑，夜色如水。

當河堤風起兮，我再次來到這裡，房舍已坐落成一片荒蕪。蕭瑟的風，颳出濃濃的寂寥，不見花影繽紛於院落，只見落英枯萎在褪色的牆瓦中。

那是近午時分，大伯父兀自在臥房睡著，大伯母離世後，家園的凋落還包含堂兄的冷漠，觸及此，大伯父每每無奈且無語。往日殘影投射在清冷的桌台、覆蓋塵埃的地板和凌亂的擺件上。好景彷彿昨日時光，又飄渺如夢一場。

大伯父黯然消魂的憔悴身影，遊蕩在百光籠罩的廳堂樓閣、幽暗的餐台椅畔，遊蕩在每一個寂寞的角落。

浮雲雖眷繫著梢頭，當風吹過的時候，仍需一別。大伯父悲傷的心事，湮沒在門前小徑的荒草裡。園裡園外兩個世界，多情總被無情惱，只因多停足一秒，會更難捨一分。

107年11月28日《人間福報》〈副刊〉

流連北方威尼斯

「北方威尼斯」的流水潺潺、波光粼粼，斜陽映照在錯落有致的紅瓦上，牆垣的繽紛是季節的顏色，楊柳飄逸增添詩情畫意，生氣勃勃的綠葉蔓延堤岸，一幢超出水岸的小木屋，帶著滿身斑駁，在一片紅牆中散放獨特韻味。

船隻穿過河橋，城堡聳立的尖塔映入眼簾，屏息中，一座小橋又遮天而來，蜿蜒的河道使城堡忽左忽右、忽隱忽現，每個轉折點都有悠遠悸動，比如一棵枯樹孤立紅屋前，一座雕像靜靜仆伏，靜謐的時光是只留痕跡的謎團。

小巧雅致的玫瑰色招牌浪漫得出奇，綴著金花的黑色小店招牌垂掛在對角，一間露天咖啡屋座落其中，擁抱滿滿的閒情逸致，人們或獨倚在雕花欄杆俯視悠悠河水，或三兩聚在一塊談天說地。角落有條狹窄的石梯往下直達水畔，石階旁一扇緊閉的紅木門嵌在磚牆中，顯得神秘幽深。

樹的枝枒張開大網，網住一條長長的市集，珍奇古玩應有盡有，小巧可愛的擺飾和吊墜琳瑯滿目，沉甸甸的銅器與鐵製品令人深深著迷，木雕的樸拙、陶瓷的雅趣，增添河岸風姿萬種。

輕舟划過小鎮，水花伴隨左右，我的心毋須揚帆，也隨風飄向天涯海角。

107年12月26日《自由時報》〈旅遊的滋味〉

想念的季節

窗外雨絲讓秋意更深濃，秋天的往事也一股腦都回來，書桌上父親的相片，矇朧又清晰，矇朧的是視線，清晰的是記憶。我願寄託雨絲，將往日細細覆誦，在這深秋裡，父親將與我同在，共攬一幕幕美好。

不知何時，我的記憶存在著與父親一同看漁船歸航的日子。沒有特別嗜好與娛樂的父親，總會選擇在這個時節，帶我奔往南方的海港，那時的我無心分辨是父親獨鍾情於海港的韻致呢，或是出自於他內心關愛的表現？只滿滿無法形容的心情，但有一種幸福很明確，覺得與父親更親密了。

躲在父親身後，感受著他的體溫，感受風從耳邊呼嘯而過，兩旁風景在愈接近目的地的時候愈是壯麗，有山群也有短短的隧道，很令人陶醉；那氣息更是難以抗拒，由鼻尖傳入心底，使一顆心更加雀躍，好似那無邊無際的蒼穹一般遼闊。

佇立在港灣邊，一艘艘船隻斑斕有序的停泊在港灣內，濃濃的氣味隨著漁夫的吆喝聲蔓延開來；行進中的船身，刻畫著深深的旅痕，有著滿滿大海的記憶，蓬勃生機穿梭在雜沓裡，紛亂的景象令人不忍移開視線，獨特風情教人著迷，一波波海的氣息肆無忌憚，宛如沐浴在海洋的懷抱裡。

父親指引我看那一艘艘的漁船，說道遠洋與近海漁船差別時，增添了神祕色彩；說道漁市場拍賣漁獲的場景時，增添了活潑異趣。父親的聲音像浪濤聲悸動我的心，字字句句如海風般輕輕柔柔，我總是聽得痴迷了過去，彷彿此時此地只剩我倆，和海天共一色。

我每每領悟生命賦予的新意，在回憶與父親的點點滴滴時。父親總是用一顆含蓄的心，表達一切心跡，那深濃的情感，是引領我走進他心靈深處的契機，是很獨特的擁有。雖然父親的形體已不在人間，但他的神魂會在我身邊，伴我共度一生。

108年1月10日《人間福報》〈副刊〉

無聲的聲音

小娃兒裹在溫暖小被子裡的模樣，讓人不禁想趨近逗弄一下，他則神情自若佇立一旁，擺擺手讓我知道那是他的曾孫，一面輕推娃娃車。

他簡單生動的肢體語言引來注目，人們開始聚攏過來。他一手握著奶瓶，一手用來做手勢，冷清的管理室突然間熱鬧了起來。小娃兒一歲半，可稍稍行走，他用手指擬摹「行走」與「稍稍」，淺顯易懂。原來，毋須言語，這一刻，無聲的聲音宛如音符此起彼落，叮叮咚咚的敲進每一個人的心坎。

約半年前他開始來到運動場快走，常與他擦身而過的我，朝他招招手已成自然，他總半是驚訝半欣喜，每每綻開如陽光般燦爛的笑。然而有那麼一次，在我的舉動驚擾他之後，像是撥雲見日月般，我有了深層的領悟，讓自己的善意與熱情適得其所，是體貼的再昇華。

運動場上的他高舉雙臂搖擺身體，氣勢力壓山河，不容輕忽。使力的聲音發自他微啟的口中，對不明就裡的目光，他不以為忤，依然勇往直前瀟灑至極。腳踩大地、迎向晚風，他走出自己的一片天空。

曾孫的到來純屬意外，畢竟孫子仍在高中就學，兒子是受刑人、媳婦行蹤不明，足不出戶的老婆同為喑啞人士。種種際遇，豈是坎坷兩字可涵蓋，但他的志氣可不容人為之鼻酸，義不容辭參與朋友兒子的選務工作，馬不停蹄、東奔又西跑，不顯倦意反見喜樂。

希冀不久之後，他可以將照顧曾孫的重擔卸下，重回運動場上來，因為，夜晚的運動場缺少了他，甚是黯淡寂寥。

108年2月20日《人間福報》〈副刊〉

兒時的小書屋

對於書房的最初印象，來自於遙遠的童年記憶。

那是一間滿含古樸風味的小屋，坐落在三合院的一隅，它是我的寢室，是靜謐的象徵。每當斑駁的拉門一闔上，時空的錯置感瞬間鋪天蓋地，窸窸窣窣的寫字聲此起彼落，給予夜愈加深沉前，一曲明快悠長的節奏。

唯一的小窗對著不遠處黑黝黝的竹林，在兄姊們都做完功課陸續離去之後，竹影化成了幢幢寂寞，攀附在屋裡的每個角落，也攀附在我的心頭。

每當月色爬上竹梢，芳華輝映在窗櫺時，視野所及一片迷離。風乍起，竹葉的沙沙聲響在幽微裡，帶著一分如泣如訴的韻味。書架上那一排排的童話故事，冷冷的佇立著，在薄光中勾畫出單調的線條。

不記得自何時起，有一個人總會踏著夜色而來，佇足在我的小窗前。窗上的剝啄之聲總是輕輕的，但我清晰可聞，因為有一種心情，它的名字叫等待。接住從窗外遞進來我鍾愛的小餅時，父親瘦長的身影有著慣常的沉默，向來，那是毋需言語的一刻。

餅乾一口咬下的清脆，瀰漫在暖暖的被窩裡，咀嚼的芳香也是。有時，我會將手掌一般大的餅攢在懷中，用手指磨搓它年輪般的紋路入夢。我把垂涎留給明天，只為延續我與父親的這個小祕密。

光陰荏苒，而今我的書房寬敞雅潔，沒有絲毫兒時小書屋的風貌，但案頭上父親的相片，依舊是我所熟悉的沉默容顏。

雖然父親再不會為我送來兒時的小餅，那修長的身影也只能午夜夢迴再見，但父親含蓄的愛，仍然存在我長時記憶、深深懷念的小書屋裡。

108年3月29日《人間福報》〈副刊〉

阿弟

小妹在電話彼端細訴，幼時有雙骨溜溜大眼睛、少時玉樹臨風的阿弟離世的消息，雖已是陳年往事，腦海仍時時浮現那個清晨的意境，彷彿還是昨日樣貌，不察時光已匆匆流逝。

對阿弟的記憶，始於他初初來到我家，一筆筆寫下各個片段與枝節，彷彿串起一顆顆晶瑩露珠，點滴透澈。在這部不長不短的故事裡，小不點一個卻精力旺盛，好哭且纏人的個性、種種令人又愛又怕的行為，以及家人給他的愛如湧泉汩汩，都是不可或缺的篇幅。

印象中有這麼一次，常常回來勾起我的苦澀。遙憶那天，我偷偷摸摸彷彿做壞事般地溜出家門，讓公車載我擺脫跟屁蟲似的他，竊喜可偷得浮生一日，不料卻在公車上醞釀起牽掛的情緒。

公車駛過家前的瞬間，一幕影像飛過，匆匆烙印在我眼底，阿弟那瘦小的身影，不知所以然蹲在草叢角落，小小心靈好似有著什麼的感覺，令我心亂如麻。寂寞的庭院，以及阿弟的那份專注，在在散發著難以察覺的孤單氣息。

不堪回溯何年何日，阿弟離開我家返回台北與小姑姑團聚了，但思念老是藏在春花秋月裡，出現在雪鴻泥爪上。他可愛的小臉宛如白雪紛紛，落在我冷冷的心頭，稚嫩的聲音，短短的「姊姊」，是滲入黯夜的悽愴，是不停敲打窗櫺的苦雨。

回首往事，阿弟的一生就像短暫的彩虹，在消逝之前，留給我一片永恆絢爛。

108年5月24日《金門日報》〈副刊文學〉

風車村的黃金乳酪

荷蘭風車村的乳酪，閃熠黃金般的光輝，照映在我眼底。層架上，它們粒粒飽滿結實，在濃濃的氛圍裡交換悠遠傳說。

一架古色古香的製造機，是乳酪香醇濃郁的秘密，簡樸的陳設印證著純粹。一只只小巧雅緻的器皿，是乳酪成形的必經之道，隱藏著驚喜連連。美麗的解說員，娓娓道出乳酪的故事，令人悠然神往，猶如置身阿爾卑斯山那幢小女孩與爺爺的小木屋，遺世獨立又溫馨滿懷。

有別於工廠的氤氳，幾步之遙的展場寬敞明亮，琳瑯滿目的乳酪，有圓柱狀、圓餅形、抹醬泥等諸多造型，是店家的匠心。添加不同香草風味的乳酪，別出心裁在裡頭，吸引著味覺與視覺，令我不禁想悉數納入行囊。

我獨鍾情煙燻口味的乳酪，焦香療癒不滿的舌尖，柔潤細膩撩撥一顆壯闊草原嚮往的心，我願是那驅趕牛羊的牧童。

較之於牛奶酪，羊奶酪的乳味更加濃厚，不變的是，皆可自綿醇裡品嚐出不容輕忽的鹹。喜愛嚐鮮者，需審慎選購，以免贅買或留下遺珠。

切成薄片的乳酪與吐司邂逅，稍微烘烤美味更增，細細咀嚼抑或大快朵頤皆是垂涎。切成小塊的乳酪，靜候常溫片刻，成了外韌內軟的小零嘴，下午茶的好侶伴。

行囊中滿滿乳酪的故事，美好回憶伴我一路不孤寂，黃金乳酪綿延成星河，我的心恰似遼闊無垠的夜空。

108年3月9日《人間福報》〈蔬食園地 旅驛想食〉

檳榔伯

在窗畔，光輝籠罩的範疇，氛圍一片寧靜，姍姍而來的人兒坐落成，生機盎盎、朝氣勃勃，恰似初晨醉人的溫度。

佝僂的檳榔伯總是一副神采奕奕模樣，從容姿態中的一抹心意顯而易見。櫃檯邊上，他眼裡滿是他對檳榔的需求。大廳邊上，他一再徘徊，刻劃尋常作息也刻劃他單純的依戀。

稍晚，檳榔伯踱回黑色沙發區，悠悠然坐進老人家們的世界，更投入他日復一日的生活步調。

炙熱的滋味，唯檳榔伯最知，在短暫如坐針氈之後，他起身迴轉腰身，將右臂用力朝往窗簾的方向探。跼促的空間裡，他的手指終於勾到窗簾邊角，緊接著展開拉扯戰。那是一場執拗的經過，充滿在所不惜，直到窗裡窗外兩個世界。

斥責連連，迴盪冷清樓閣，暗潮翻捲，人人自危，一人奔向窗簾，一人匆促關燈，那動作裡多的是驚慌，那辯白消彌於無形，那神情既無辜又無奈。

烈陽有如毒蛇猛獸，令檳榔伯再次避之唯恐不及。碰撞聲方落，慘絕人寰的一幕映入眼簾。檳榔伯蜷縮在沙發與矮桌間，蒼白的瘦臉頂著桌沿，雙眼圓睜裝著五分恐懼、五分茫然。而我，腦海雖一片空蕩蕩，卻感覺寒氣在聚攏。

偶爾，檳榔伯會涉足柔軟沙發，雖然那是最接近窗簾的方位，卻也是最危險的地點。然而，難以防範於未然的事何其多，那才是意外的真相。

鮮血汩汩於攙扶時，白色桌面頓時血跡斑斑，取之不盡的衛生紙，等同於擦拭不完的可怖。驚魂未定是檳榔伯的神態，憔悴也是，往日的任性已然消失殆盡。

譴責二度降臨，憑添紛亂更甚。面對欲加之罪，她們無言以對；面對顛倒是非，她們暗自飲泣。飄洋過海只為生計，委屈卻每每無從寄。

獲知消息的檳榔伯女兒，用諒解代替怪罪，趕來帶他前往醫院。當他們歸來時，他人中上方的雪白厚紗布雖然突兀，但傷勢所幸已無大礙。

縱使那一大袋檳榔是女兒的孝心，但當她要離去時，他仍難掩不捨。眼神裡閃熠著留戀，欲言又止盡是悽愴，顯見這次風暴之洶洶。

此時此刻，非檳榔不能療慰。那嘴因塞滿檳榔而微啟，那臉因腫脹而萎靡，口齒不清仍要傾吐的心情，令人不得不感受戚戚。

時光荏苒，一場災難也是。當自怨自艾、絮絮叨叨代替沉默，當呵呵的招牌笑聲開始迴盪，教我如何不嘆息檳榔佰復原之快，教我如何不感喟他那活在當下的自在。

108年12月3日《金門日報》〈副刊文學〉

三姊

老人家們的寢室一間緊挨著一間，連貫成一座ㄇ型建築。中央座落著露天庭園，繁花點綴綠叢中，陽光穿梭林葉間，流連起來倍感舒爽寫意，有一種家的味道。

ㄇ型走道雖然略顯斑駁老舊，但明亮整潔，是老人家們散步、健身的好所在，也是三姊的伸展台。

為了物盡其用，三姊一日之內必踏足此地無數回，扭著粗腰、擺著肥臂、奇裝異服搭配走路有風的姿態非常吸睛。她總說她的行頭是品味的象徵，孰不知她這想法是由於一次次的誤會所累積。

老公是掛名董事長的三姊，人人喊她董娘，她自然受寵若驚，更享受在其中。身為家族企業的一員，辦公室有她一席之位，平時上上網、或在迴廊走走秀，成了再自然不過的事。

三姊的老公對她相當維護，經常唯恐天下人不知般地動輒誇讚她工作能力好，一副恨不得將老婆拱上后座那樣的積極。儘管他倆三天一大吵，兩天一小吵，儘管她大錯小錯不斷。

某日，隔壁房的一位同事前來取水，沉默得讓人幾乎忘了她存在的三姊漫不經心的一句「怎麼樣？」令同事有如迎頭棒喝、意會不過。

三姊的「怎麼樣」不是問句，而是口頭禪，像打招呼一樣自然，知者無動於衷，不知者無所適從。

又一日，近午時分，送餐的廚工看見幾條絲瓜躺在會客桌上，便開口詢問是否讓她帶走，即時回應她的是有著沙啞與高亢嗓音的三姊：「對啊！要吃飯了」，引來旁人的側目及有口難言。

但見三姊下巴抬也不抬、雙眼死死釘住電腦螢幕不放、一副事不關己的模樣，廚工縱有千般不解，也只能黯然退下。

小巷理髮店

過去，我常光顧的那家小美容院如今仍在，多年後的我，卻不再踏足而入，是因「預約制」所拼湊出一段始料未及且不堪的心情故事。猶記得那一段時日，我的剪髮預約經常因其他中、高消費的客人臨時上門，而被逼當場失效，我的屢敗屢戰沒能喚起老闆娘的惻隱之心，反讓初萌芽的不耐一次比一次茁壯。

一個炎熱的夏日午後，在我把陽傘撐進了斜陽滿屋時，一切註定來到了彼此的最終章。老闆娘無情的喝斥，命我立刻走人的那份決絕，在在使我無地自容且不解，在眾多不知是憐憫或訝異的眼光中，我逃出了那裏，也終於了卻了一段心情。

在那之後，小巷理髮店走入了我的生活。

這裏沒有譁眾取寵的裝潢和陳設，只有恰到好處的親和力。老公主導，老婆輔佐，夫妻倆的默契之好使他們事半功倍，也換來了我的鮮少等候。

老闆生得豎眉深目，宛如鍾馗再世，個性卻出奇的溫柔。雖然老闆常常自我變換髮型，但我看到的是不曾草草帶過細節的他，如何把我的剪髮小工程變成一個冗長的歷程。為了傾聽我的輕言細語，他不介意暫停手邊工作，貼心指導我如何呵護秀髮，使我可以不用一次次前來，願意一次次放心地把三千煩惱絲及心情交給這裏。

我有段因為職場亂象而心灰意冷的日子，小巷理髮店成了傾吐的對象，我看著老闆用深刻及感性的同理心慢慢傳達他的關懷及支持，看著他費盡心機想要讓我了解他所要表達的真正涵義，那一刻，我的感動早已超越了原有的悲傷，暖流汩汩填補了傷口。儘管歲月流轉，前景未卜，但我知道這份情誼將常伴左右，綿延長久。

每次經過小巷理髮店，向他倆招招手成了再自然不過的事，屋內回以相同的對待也是。

我不希冀看透，我只要感受，生命中的每一個幸福時刻。

109年2月號《講義堂雜誌》

阿嬤與我

圓滾滾的身軀、紅撲撲的臉頰，是阿嬤可愛的外在。旁人眼中的任性、驕傲，以及似有若無的敵意，不存在我倆的互動裏，或許是曾經的殷殷問候溶化了冰霜，她總對我綻放如花朵般親暱的微笑。

與阿嬤進一步接觸，起於我想挑戰一項任務開始：推阿嬤的輪椅，陪她去散步。若說我有多麼骨瘦如柴，阿嬤的輪椅就有多麼重如泰山。然而，不經一番寒徹骨，哪得梅花撲鼻香呢？更何況，別人輕而易舉可達成的事，應該不是難事，這是我的想法，也是我的失算。

誠然，我耗費了全部精力，也分毫動搖不了阿嬤的輪椅，它依然如磐石那般，牢牢擒住地基，一副誓死與我對抗的模樣。是以，多次我幾乎敗下陣來，差點輸給了心情，然而，那似是鼓勵、似是祈求的阿嬤的眼神，又將我拉回她身後。哪怕是沒有結果的循環，我也甘之如飴。

這天，「成功」的美妙滋味在我不抱希望時刻降臨，起初是不能置信，後是驚異連連，在感動中我發現，勝利沒有捷徑只差靈光一現。原來依賴孱弱的雙臂是不明智的，腹部的力量才是大功臣。再沒有什麼可以妨礙我前進的決心了。

每每前往大廳的阿嬤，緩緩滑著輪椅停駐在我的櫃檯邊，眨著亮晶晶的眼睛好像在告訴我「她來了」。當我疏於關注，她會輕輕喚我，抑或自己靜靜等待。總之，她固執地要我陪她走一程。那是我與阿嬤再自然不過的散步，我們或是共享沉默，或是胡謅瞎扯，都是滿滿幸福的樣態。

付出過的會在遺忘時迴向自己，那是無形也是有形的享受，令我深深迷戀。

110年3月號《講義堂雜誌》

我的聾啞鄰居

聽說他並非天生聾啞，而是二戰期間被砲彈所波及，他是我的鄰居。他在許久以前的某個黃昏闖進我慢跑的運動場，也闖進了我的生活。

慣常，神采奕奕的他屢屢被我超越時，向晚的風在我耳邊呼嘯，跑道在我「達達」的步伐聲中後退卻又無盡延伸。

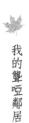

靦腆是初始的心情，但一次次的眼神交會，培養了我們的默契，招招手建立起友誼。

白晝，騎著腳踏車的他經常出現在我散步的街道，車籃裡一貫擺放著洗刷用具的他不太理會路人的目光，而我也從不探問他將往何處去，又或自何處歸來。

他隨時隨地充滿活力，讓人無法連結到他坎坷的命運。他的孫子英年早逝、兒子放蕩不羈、媳婦不知所蹤，同樣聾啞的妻子足不出戶且脾氣不小，常常自他屋裡傳出她氣呼呼的聲音。

他的技能是修理腳踏車，管理室的布告欄長期黏貼著一份腳踏車修理表。他固定每日正午時分出門，我猜他應該身兼二職，或許是替人洗車之類的吧。大約兩、三個小時後他就會現身在回家的途中。

我倆偶遇時，有時會看見幾包零食取代了原先的洗刷用具擺在車籃裡。當他用手勢和表情告訴我，他喜歡邊看電視邊吃零食的時候，一抹激動輝映在他的眉宇間，臉頰閃耀單純的快樂光采。

猶記得他孫子離世的那一晚，一個下著小雨的深夜，似睡非睡的我先是驚心於救護車的鳴笛聲，再來是中庭那一波波的紛沓。朦朧光影下，兩個身穿輕便雨衣的人影慌慌張張的。

片刻間，對面五樓玄關燈亮起，嘈雜聲穿透雨幕而來。緊接著沉甸甸的擔架被抬了出來，巍巍顫顫的下樓過程如今仍歷歷在目，而那一刻我知道漫長的一夜才剛要開始。

有一次，我們在離家不遠的大賣場不期而遇，正在翹首等待最愛的長棍麵包上架的他，乍見我時的驚喜表情宛如冬陽初綻，瞬間改變了周邊的溫度。在他表示要請我吃一個麵包時，我看到了他執拗的一面，也嘗到了左右為難的滋味，最終我用一個奶油麵包換來他的心滿意足。

我心中有明鏡，反映人世間至善至美的存在，只要真心相待，感動就無處不在。

110年5月號《講義堂雜誌》

心雨

我在距離塵囂很遠的地方，在宛如迷宮一般的迴廊駐足，心情堪比這被落雨肆虐的場景，淒涼無邊，灰色調是唯一僅存的視野。

我的外甥女永遠的睡去了，在國慶日當天，一個看似平常不過的清晨。在她入殮的這一天，棺木裡的她的面容看起來很安詳，飽滿的雙頰撫觸起來有些冰涼，微揚的嘴角、粗粗的眉毛，在在是她生前的模樣，唯一不同的是，再不會聽到她喊我一聲「阿姨」了。

與她最後那一面，烙印在去年中秋節翌日的夜色中。老家後院生氣勃勃的，喧鬧聲此起又彼落，撲鼻的烤肉香氣一波波，瀰漫在皎潔月光、溫暖燈光以及花影與樹影朦朧處。

我在她的模樣裡看不到十天加護病房治療的痕跡，只是愈發赧然的神態惹人愛憐。因為大病初癒必需節制飲食，只能品嚐家人濾過去的清淡食物的她，在裊裊的煙霧後方把自己坐落成一抹安靜與靦腆。

有那麼幾次，我欲近身關切她的病況，就那麼幾次，我礙於手邊炭火而作罷，始料未及的是，餐會未畢她就被大姊帶離這裡返家休息去了。

每個夜晚都會過去，都會為迎接白晝而逐漸褪去它黯黑的外衣，然而今夜不會，它是被定格的影像，且時不時會自動播放。

她的殘疾人生，始於襁褓時的一場意外，在尚未認識這個世界之前，就已先飽嚐舉步維艱的滋味。生命旅途風光無數，她的卻是荊棘遍布。獨特是上蒼給的試煉，面對今世課題，她只能以承受作答到底。

遙憶中有那麼一幕，不時回來勾起我的愴惻。那是我前往一所醫療機構洽公的午后，大大的玻璃帷幕前熙熙攘攘，不料卻被一聲輕喚淹沒了。彈指多年，今日驟見恍如隔世。

被這場突如其來的相遇所震撼的兩人，在短暫的相顧無言後，她定定地說道打掃醫院是現階段的工作，已完成工作的她有朋友正在某處等候。

面對眼前這個成熟的她我不由暗暗心驚、不自禁汗涔涔了。她的訴說簡短卻囊括了她所有的故事，語調緩緩卻透露出她知足無求的一面。

凝望漸行漸遠的她的背影，深感漫天彩霞也黯然失色，在她微跛但沉穩的步履之下。

被彷彿沒有盡頭的雨籠罩的回程，淒迷又美麗，奈何蕭蕭颯颯依舊。蜿蜒的山路一次次地在眼前出現，又一次次地在後方消失，恰似不能自己的人生。惟聽心雨淅瀝淅瀝的在泣訴，那停不了的思念情愫。

110年6月30日《中國時報》〈人間副刊〉

對窗的男人

陰暗的屋裡，再次傳來那熟悉的聲音，迴盪在每個慵懶的午后、迴盪在每個靜謐的深夜。

自我有印象起就有了他，確切的說，就有他咳嗽的聲音，使力地、掏自肺腑般清理喉嚨時所發出的聲音。抑或連串、抑或間斷，皆自猶如平地響起一聲雷般震撼開始。那是與時間、空間糾纏不休的聲音，更是一種永恆的存在。

自我家陽台往下眺望，中庭依舊是我所熟悉的生氣盈盈，山裡來的原石充當桌椅，滿眼質樸的美感。短短的碎石子路消失在矮梯前端。樹影幢幢，花影處處，綠茵如絨毛般細緻，花苞含著羞怯、繁花是狂野的象徵，綠葉在輕風裡抖顫，抖下一片片的星星閃熠。

那聲音恆常穿越花園而來，亦恆常縈繞空中不去，彷若晴空灑落的陽光、彷若烏雲擰下的雨點。

一日，兩位莘莘學子出現花園中，他倆正不慌不忙地往大門口踱去，冷不防一串巨響鋪天蓋地而來，雙腳瞬間凝成冰棒，再難以踏出半步，稚嫩從臉上隱去，取而代之的是驚慌失措。

跟隨他倆四處巡梭的目光，巨響的主人映入眼簾，只見他手指夾著菸，身體歪在他家三樓陽台邊，一會抖抖頭，噴幾口煙，再使勁地咳出自己的一片天。

當稚氣再度回到那兩張面龐上，四目相對、會心而笑，一切盡在不言中時，我心像雲層散去的天空，轉變總在一瞬間。

暗夜之聲

那聲音傳入耳際的時候，是夜幕漸低垂之時，幾盞路燈才剛矇矇亮，他家後陽台卻早就亮晃晃。慣常，我只能目視到他穿著工作服的背影，甫下工就鑽入此處的他的背影。

洗衣機是他的桌，瓦斯桶、熱水器是擺設。手機屏幕在桌面閃爍不停，他的情緒起伏不平，屁股下的塑膠椅也是，不時發出磨擦地板的聲音。他的手指滑得飛快，時而興奮的大笑，時而氣憤的怪叫，咒罵著不雅的字詞。

一輪明月在雲層中穿梭，一會是淘氣的精靈、一會是出塵的仙子。夜晚的蒼穹是一幅畫作，美的令人屏息，美的不真實。宇宙是一首傳奇，歌詠千年萬年。

夜深沉，街道寂寂，萬物也是，惟有那聲音如波瀾陣陣，迴盪再迴盪。

灌掉幾杯飲料，地上累積一堆菸頭，他仍舊沉迷、陶醉在自己的世界。黝黑粗壯的頸脖閃著油膩，捲得高高的袖口訴諸著燥熱。有時晾曬的衣物掃到他的額頭，有時他朝著門內的妻子大吼，滿滿的不耐。

今夕是何夕，想必他也不在意，一心構築虛擬天地。

魂牽荷蘭風信子

冷冽的空氣中，廣闊無邊的色彩，正在傾訴這一季的繁華。天空是透明的藍，白雲是奔流的河，風信子淡淡的紫，像含著些許白砂糖，沾附甜甜的味道；濃濃的紫，像憂鬱的詩人，吟詠著淒美的辭藻。深淺紫海在平靜時幽渺神祕；起風的時候，掩映成深深淺淺的波痕，汩汩散放著縷縷清香。

荷蘭花田展露的情調，每每令人驚艷不已，那旖旎的詩情畫意，迷漫著清靈秀氣，是目不暇給中的另一份獨特。難以描繪那份窒息的美感，那綿延的花田、飛揚的絢彩，座落成天邊的一抹纏綿，以及我心中一份永恆的愛戀。

粉色風信子的花語，是含羞帶怯、欲語還休。藍天給予喜不自禁的溫柔守候，大地是亙古的依偎。朵朵風信子，如一球球的棉花糖，包裹著青春爛漫，包裹著純真夢想，甜蜜又香醇，是歲月帶不走的懷念滋味。

白色風信子宛如白雪紛紛飄墜，鋪成一片靄靄茫茫，是紗是霧、是純潔的象徵，予人薰薰然地陶醉時光。又像倒映的雲層，與天地共享飄渺無垠，期許倘佯長長久久，接受那似水柔情、涓涓的身心陶冶。

西風來了又走，當經過風信子的故鄉，請為我捕捉那魂牽夢縈的花瓣，且問是否燦爛如第一次邂逅時的模樣。

110年9月11日《人間福報》〈印象旅人〉

父親的小茅屋

在橋畔、在河濱，蘆葦迷濛成一片白雲的範疇裏，隱藏著父親的一個小小天地。父親在世時，替自己築了一座堡壘，做為他耕作期間的休憩所在。父親個性嫻靜，縱使早該頤養天年，卻仍時時寄情於田野園林，將身心靈託付給大自然。

母親對父親的疏離頗有微詞，但每每談及這座堡壘時卻難掩對父親的懷念。那是父親就地取材搭建而成，大小僅一人可容身，它烈陽不入、驟雨不侵，對父親極盡保護，卻對其他人發揮不了同樣功能，令人嘖嘖稱奇。

父親仙逝之後，我恆常越過河橋，走在通往田畝的水畔，在一大片的蘆葦群中尋覓小茅屋的蹤跡。天空是一樣的湛藍，清風是一樣的拂面，我彷彿可以看見父親的身影，佇立在一片綠意之中，清瘦且遺世獨立，卻總遍尋不著父親的小茅屋。

小茅屋一直是我心中，那個可遇而不可求的地帶，也一直是母親口中那個原來的樣貌，縱使它經歷過歲月，遭遇過風雨。

在這片青翠的土地上，曾有農人看見父親回來過，而我也深信，父親確實仍守候在這裡。是以，我將會再次地前來，為了父親，也為了父親的小茅屋。

魂牽荷蘭風信子

冷冽的空氣中，廣闊無邊的色彩，正在傾訴這一季的繁華。天空是透明的藍，白雲是奔流的河，風信子淡淡的紫，像含著些許白砂糖，沾附甜甜的味道；濃濃的紫，像憂鬱的詩人，吟詠著淒美的辭藻。深淺紫海在平靜時幽渺神祕；起風的時候，掩映成深深淺淺的波痕，汩汩散放著縷縷清香。

荷蘭花田展露的情調，每每令人驚豔不已，那旖旎的詩情畫意，迷漫著清靈秀氣，是目不暇給中的另一份獨特。難以描繪那分窒息的美感，那綿延的花田、飛揚的絢彩，座落成天邊的一抹纏綿，以及我心中一分永恆的愛戀。

粉色風信子的花語，是含羞帶怯、欲語還休。藍天給予喜不自禁的溫柔守候，大地是亙古的依偎。朵朵風信子，如一球球的棉花糖，包裹著青春爛漫，包裹著純真夢想，甜蜜又香醇，是歲月帶不走的懷念滋味。

白色風信子宛如白雪紛紛飄墜，鋪成一片靄靄茫茫，是紗是霧、是純潔的象徵，予人薰薰然地陶醉時光。又像倒映的雲層，與天地共享飄渺無垠，期許倘佯長長久久，接受那似水柔情、涓涓的身心陶冶。

西風來了又走，當經過風信子的故鄉，請為我捕捉那魂牽夢縈的花瓣，且問是否燦爛如第一次邂逅時的模樣。

2021 年 9 月 11 日《人間福報》〈印象旅人〉

夢縈那一次又一次的邂逅

長路漫漫，惟旅行是方向。

在邂逅了…很多很多的感動之後，

我每每有新的領悟，這就是成長。

旅行是尋夢的過程，

是如同「山林之不可無瀑布奔瀉、

大海之不可無浪花拍岸」般的必須。

一件看似微小的事物，
也必定隱含一份細膩的深意，
因爲它們都會帶來一絲悸動，
爲當時的心境增添一抹色彩，
然後再不由分說地佔據心靈的一個角落。

Japan

↑細雨霏霏的
嵐山渡月橋韻致

↑大阪港邊的男人與灰鴿

從這個角度遠望富士山風味更勝

奈良井宿

時空寄情奈良井宿

日本奈良井宿的雨，帶著思古幽情飄落在旅人的心坎，懷舊的街道上，斑駁的老木屋疊成長長的風景，也疊成長長的歲月，時空隧道裡漫步，聆聽來自天際的呼喚，從而見證物換星移。

這塊保存完整的古蹟美地，範疇不廣卻坐擁大格局的內在，氣度非凡、古色古香，稱其為小鎮也不為過。在以漆器知名的小鎮裡，可細細品嘗其特色風味，各式以漆做為主角的物品，琳瑯滿目不勝枚舉，在漆的包覆下，腐朽化為神奇已不足為奇，獨具風情且細膩的質感更值得一再把玩，或買下當貼心禮，或永久的珍藏。偶遇個性小店，似有意卻無意的裝潢及陳設，常成為小驚喜的來源。主人的巧思溫暖人心，小鋪前那張老木椅，簡單的流水洗滌台，木條窗櫺及招牌，都帶著原始的況味，令人癡迷。

山傍的雨下下又停停，像人心一樣善變，然而來得早不如來得巧，沐浴之後的小鎮清新宜人，此刻的散步是奢侈及幸福的。人煙稀少的街道上，難能可貴的安靜時光。兩旁一張張幽暗深沉的門，是時光的大口，像回到家那般溫馨自在。

奈良井站的時光列車，即將開往現實世界，瞥下最後一眼，暗許來日相見不遠，車行漸遠我心更明白，期待重逢那日，互訴別後種種。

2009 年 11 月 24 日《自由時報》〈旅遊的滋味〉

樸實又獨特的北海道札幌計時台

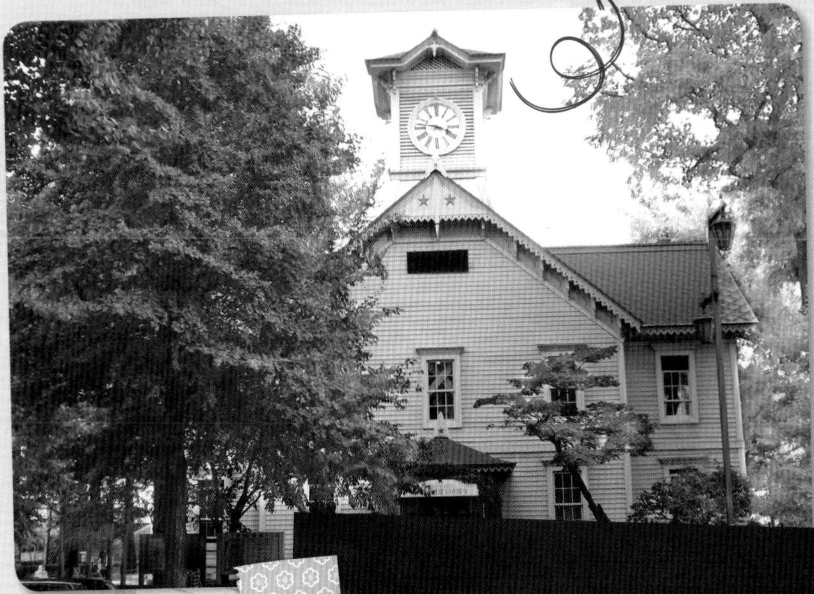

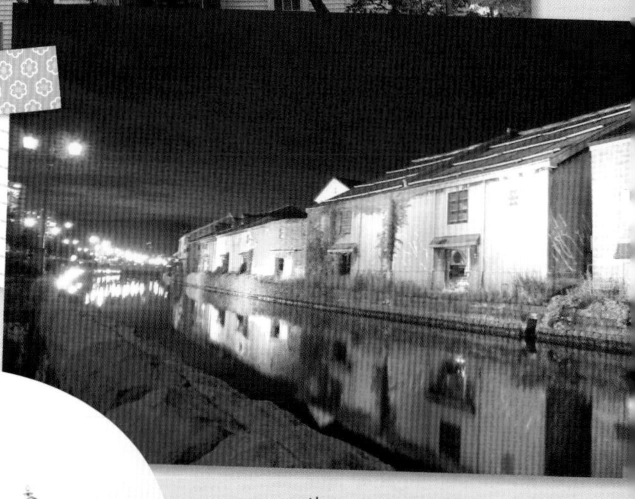

東京迪士尼的童話↓

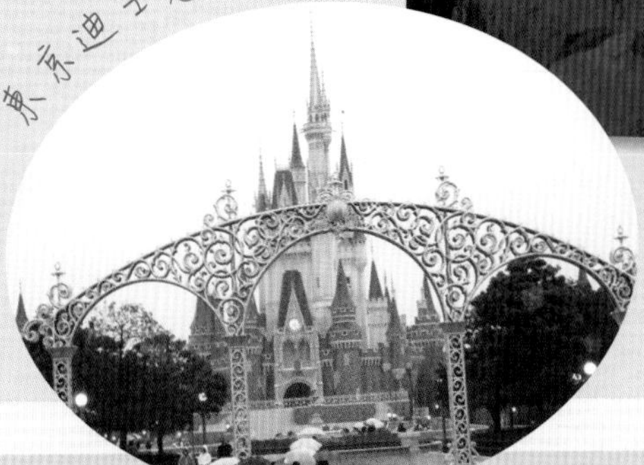

↑美到極致的
北海道小樽運河夜色

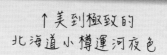

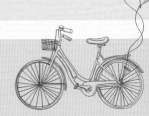

那年夏天
我在 日本長野縣上高地
大正池

神秘悠遠的松代城遺址

藍天下、湖水上，松本城巍巍聳立

亭亭玉立艾菲爾鐵塔

↑法國航空前的綠地也
是享受日光浴的好所在

↑法國馬賽港的藍色調不是憂鬱

集優雅與高貴於一身的雪儂梭堡

法國羅浮宮的傳奇

↑夕照巴黎塞納河

←奧地利莫札特故居

↑親近維也納百水公寓，
彷彿進入另一個時空

置身維也納喧囂的街頭，卻有著一份氣定神閒的心情

Czech Republic

↑捷克 伏爾塔瓦河

綠林環繞的奧地利薩爾斯堡

布拉格舊城廣場與歌聲堪比天籟的街頭藝人↑

↑捷克 庫倫諾夫～隱藏在萬綠中的一抹紅豔

遺世獨立的溫泉小鎮捷克 卡洛威瓦麗↑

葡萄牙蛋塔店～難忘的好滋味就在這裡面

「北方威尼斯」的流水潺潺、波光粼粼，斜陽映照在錯落有致的紅瓦上，牆垣的繽紛是季節的顏色，楊柳飄逸增添詩情畫意，生氣勃勃的綠葉蔓延堤岸，一幢超出水岸的小木屋，帶著滿身斑駁，在一片紅牆中散放獨特韻味。

船隻穿過河橋，城堡聳立的尖塔映入眼簾，屏息中，一座小橋又遮天而來，蜿蜒的河道使城堡忽左忽右、忽隱忽現，每個轉折點都有悠遠悸動，比如一棵枯樹孤立紅屋前，一座雕像靜靜仆伏，靜謐的時光是只留痕跡的謎團。

小巧雅致的玫瑰色招牌浪漫得出奇，綴著金花的黑色小店招牌垂掛在對角，一間露天咖啡屋座落其中，擁抱滿滿的閒情逸致，人們或獨倚在雕花欄杆俯視悠悠河水，或三兩聚在一塊談天說地。角落有條狹窄的石梯往下直達水畔，石階旁一扇緊閉的紅木門嵌在磚牆中，顯得神祕幽深。

樹的枝枒張開大網，網住一條長長的市集，珍奇古玩應有盡有，小巧可愛的擺飾和吊墜琳瑯滿目，沉甸甸的銅器與鐵製品令人深深著迷，木雕的樸拙、陶瓷的雅趣，增添河岸風姿萬種。

輕舟划過小鎮，水花伴隨左右，我的心毋須揚帆，也隨風飄向天涯海角。

2018年12月26日《自由時報》〈旅遊的滋味〉

在天涯
我遇見西班牙

比利時的天上人間

純白～
是這個西班牙小鎮的名字

↑耽溺在德國小鎮的靜謐裡

慕尼黑的午后時光
除了悠閒還是悠閒→

★海德堡古橋風光旖旎

淒迷又美麗的瑞士盧森湖

就讓時間靜止在瑞士盧森湖畔吧

荷蘭 德哈爾古堡遊蹤

沐浴陽光下的德哈爾古堡，正細訴著悠遠故事，長空澄澈，輝映藍色尖塔成趣，重重疊疊，神功鬼斧。白底紅邊的小窗，浪漫可人，如繁花錯落，剛中帶柔，若有意似無意。城牆色調柔和，城堡的各個角度都是一幅創作，恰如其分的展現著力與美。

護城河水在腳下綿延，功成身退仍映照過往狼煙，歷經歲月巍然聳立。法式庭園意境，萋萋芳草環繞，斜陽穿透群樹灑落滿地，與朵朵小花兒爭豔。小徑帶著點探索的意味，時常峰迴路轉，來個林深不知處，童話世界在此，我心醉神馳，纏綿於中古世紀的傳說裡。

驚豔絕代建築，乍見的欣喜、震懾，久久難平，喟嘆造物神奇，動容刻劃深深的歷史，見證飄搖動盪的曾經，久遠之流長，象徵護城河水永不休。

親近古堡城，踱步最宜，詩詞濃濃，勾起的情懷更濃，遊子飄洋過海尋祕而來。踽踽而行，百年孤單相隨，赤子的心遺落在離鄉千萬里的異域。

2018年9月22日《人間福報》〈旅遊版〉

↑小橋流水人家 荷蘭羊角村

荷蘭舊城區
風華耐人尋味

名不虛傳的
荷蘭庫肯霍夫花園
鬱金香

荷蘭風車村風光無限

黃金乳酪的故鄉 荷蘭風車村→

荷蘭風車村的乳酪，閃熠黃金般的光輝，照映在我眼底。層架上，它們粒粒飽滿結實，在濃濃的氛圍裡交換悠遠傳說。

一架古色古香的製造機，是乳酪香醇濃郁的秘密，簡樸的陳設印證著純粹。一只只小巧雅緻的器皿，是乳酪成形的必經之道，隱藏著驚喜連連。美麗的解說員，娓娓道出乳酪的故事，令人悠然神往，猶如置身阿爾卑斯山那幢小女孩與爺爺的小木屋，遺世獨立又溫馨滿懷。

有別於工廠的氤氳，幾步之遙的展場寬敞明亮，琳瑯滿目的乳酪，有圓柱狀、圓餅形、抹醬泥等諸多造型，是店家的匠心。添加不同香草風味的乳酪，別出心裁在裡頭，吸引著味覺與視覺，令我不禁想悉數納入行囊。

我獨鍾情煙燻口味的乳酪，焦香療癒不滿的舌尖，柔潤細膩撩撥一顆壯闊草原嚮往的心，我願是那驅趕牛羊的牧童。

較之於牛奶酪，羊奶酪的乳味更加濃厚，不變的是，皆可自綿醇裡品嘗出不容輕忽的鹹。喜愛嘗鮮者，需審慎選購，以免贅買或留下遺珠。

切成薄片的乳酪與吐司邂逅，稍微烘烤美味更增，細細咀嚼抑或大快朵頤皆是垂涎。切成小塊的乳酪，靜候常溫片刻，成了外韌內軟的小零嘴，下午茶的好伴侶。

行囊中滿滿乳酪的故事，美好回憶伴我一路不孤寂，黃金乳酪綿延成星河，我的心恰似遼闊無垠的夜空。

2019年3月9日《人間福報》〈蔬食園地 旅驛想食〉

布魯日遊船時光～～
「驚豔連連」是唯一心情

阿姆斯特丹國立博物館